A bissle ebbes

Theo Span

A bissle ebbes

Franz Brack Verlag, Altusried

Umschlag und Illustrationen: Hans Holzmann

Kontaktadresse des Autors:
Theo Span
Illerzell, Hauptstraße 45
89269 Vöhringen
Telefon 07307/6102

ISBN 3-930323-64-8
1. Auflage 2006

Zugspitzstraße 2a, 87452 Altusried
Telefon 08373/9205-20
Internet: www.brack-verlag.de

INHALTSVERZEICHNIS

A bissle ebbes zum Nauchdenka

A bissle ebbes zum Beata

A bissle ebbes vom Sterba

A bissle ebbes zum Schluss

A bissle ebbes zur Einleitung

Begrüßung

So a Lese-Publikum
sott ma au begriaßa, drum
hau i überlegt, jawohl,
was i saga, schreiba soll.
Zur Zeit, dau sait ma bloß a so
a ganz a oifaches „Hallo“.
Oder wend ihr bittesehr
a österreichischs „Habe die Ehr“.
I ka aber au sa für Sie
wia in dr Schweiz, a schöns „Grüazi“.
Vielleicht sind aber Leit dabei,
dia wend bloß des moderne „Hi“.
In meiner Entscheidungs-Not
sag i halt oifach bloß „Grüß Gott“.

Dichter

Es isch it leicht, Dichter zum sei,
denn wem fällt no was Gscheites ei?
Lässt ma sich drzua verführa,
alte Pointa zu serviera,
so stuft ma glei da besta Witz
ins Zeitalter vom alta Fritz.

Isch's z'nui, isch's oft it sittlich gnua,
nau hoißt ma de a geila Kuah.
Trägsch bloß ganz leichte Sacha vor,
„Ja so a Scheiß", hoißt's nau im Chor.
Isch's z'hoch, verstaht de mancher it,
isch's z'scharf, entspricht es it dr Sitt.

Trotzdem isch ebbes hanga blieba
und drum hau i des Biachle gschrieba.

Und was ma schwätzt isch einerlei,
es isch für jeden was dabei,
für Alt, für Jung, für Weib und Mann.
Viel Spaß wünscht euch dr Theo Span.

A bissle ebbes Schwäbischs

Schwaubaleit

Dr Petrus und dr Herrgott hand
’s Erschaffungswerk mol inspiziert.
Sia warat au im Schwaubaland,
und was se gseah hand, hat se grührt.

„Herrgott, was sind des für Leit?“,
lasst dr Petrus dau verlauta.
Dr Herrgott moint nau: „Schwaubaleit!
Dia sind mir halt vergrauta!“

Artareich

Du Aff, du Schlang, du blöda Kuah,
und dummer Hund au no drzua.
Du alta Sau, gschillata Katz,
hasch doch an Vogel, wiaschta Ratz.

Dir reiß i ’s Fell an oim Stuck ra,
dir sott ma doch da Schwanz a’schla.
Von Feigfühl isch dau gwieß koi Hauch,
doch artareich isch unsra Sprauch.

A Aff, a Schlang, a Katz, a Kuah,
a Sau, a Ratz, a Hund drzua,
alls, was aus dr Fauna kennsch,
isch doch im artareicha Mensch.

Gau(h)

I wollt heit no spaziera gauh,
’s wird gau Zeit, dass i bald gang.
Mei Weib dät i gau mit gauh lau,
doch i wat gau nemme lang.

I fraug gau scho a ganza Stund,
ob sui gau mitgauh dät.
Sui moint: „Gang zua, gahsch mit am Hund“,
weil sui koi Lust hau däb.

Sui hat me lang gnua wata lau,
drum werr e gau alloinigs gauh.
Oder i werr doch gau nau
mei kloins Hundle mitgauh lau.

„I will gau gauh“, sag i zu ihr,
„’s wird gau afanga Zeit.“
„Ja, kasch gau gauh“, sait sui zu mir,
„i will it unter d’ Leit.“

„Nau werr e halt alloinigs gauh!“
„Gang zua“, sait sui und lacht.
Doch weit ka i gau nemme gauh,
’s wird gau afanga nacht.

Grattel

Dr Josef isch a alter Ma,
der fast scho nemme grattla ka,
und d' Hos – erst kürzlich hat's an gschmissa –
hat's in dr Grattel denn verrissa.

A alte Grattel isch sei Weib,
dia's grad so wia den Grattler keit.
Sia dond sich halt beim Laufa schwer
und kommat grattelig drher.

Daub

Nach ra Alkohol durchzechta Nacht
hau i an dauba Grend.
An kalta Dag – so minus acht –
hau i ganz daube Händ.

Wer it so richtig denka ka,
der isch a dauba Nuss.
Beim dauba Seggl hat dr Ma
mehr in dr Hos Verdruss.

An dauba Siacha, mit Verlaub,
den schlägt ma unter'n Tisch.
Doch wer nix heart, der isch it daub,
weil der dosohrig isch.

Doppeldeutig

Wenn a Schwaub verschossa isch,
dann isch er hee, nau isch'r doat.
Doch wenn a Schwaub verschossa isch,
isch er verliebt, nau wird'r roat.

Dr Sepp hat jetzt da Kopf eibunda,
dem hand se gest da Grend verschla.
Dr Karl wohnt nemme z' Nei-Ulm honda,
den hat's nach Hamburg nauf verschla.

Erst gestern, beim Spazieragauh,
isch mir dr Franz verkomma.
Der sott sich wäscha, dui alt Sau,
Mensch, isch der verkomma!

D' Rosl hat zu meine Freida
mir gest was Nuis verzählt.
Ganz genau zwölf Nuigkeita,
i hau me it verzählt.

Ebbes und Ebber

Wer ebbes darstellt, ebbes hat,
ebbes isch, au ebbes latt,
ebbes guat macht, ebbes ka,
der isch gwieß a rechter Ma.
Wenn eaba ebber ebbes duat,
nau isch'r ebber, isch'r guat.

Gruscht

Dr Bene sammlat alls, was gibt,
er hat an haufa Gruscht.
Des isch, weil er so ’s Gruschtla liebt,
in was, des isch eahm wuscht.

Im Gruscht zum gruschtla, des isch fei,
ma könnt ja ebbes finda,
a Schraub vielleicht in d’ Werkstatt nei,
im alta Schuppa hinta.

Hocka

„Jetzt hock no na“, sait ’s Weib zum Ma.
Der hockt nau auf da Hocker na.
„Der sitzt da ganza Dag, mei Ma,
drum hockt’r aubads geara na.“

Wen ab und zua a Wiatshaus lockt,
bei dem ka’s sei, dass er verhockt.
Wenn er dann z’viel in d’ Gurgel latt,
ka’s sei, dass er oin hocka hat.

A Gselliger, der lasst sich locka,
um auf ra Hockate zum hocka.
Wen’s gar nia aus am Haus naus lockt,
so oiner isch total verhockt.

A Bir im Bier

Wenn mir Durscht hand, trinkat mir
im Schwaubaland au geara Bier.
Doch mir sottat it vergessa:
Ma ka bei uns a Bir au essa!

Duat ma boides mitanand,
gibt's im Bauch an Duranand.
Denn in dem Fall, denk i mir,
hasch du nau a Bir im Bier.

A Bir im Bier, so heart ma klaga,
sei it guat für jeden Maga.
Dui Mischung gärt, es isch a Graus,
und pfutzgat nau zum Fiedla naus.

Doch sott ma jetzt it oifach denka,
ma könnt statt essa ja bloß trinka.
Denn grad so wirkt dui Flüssigkoscht:
Hopfabier und Biramoscht.

Sotte, sottane und sottige

„Es gibt halt sotte und au sotte",
moint Bachameiers Lotte.
„Doch viel mehr sottige wia sotte!"

„De sottige, dia mag i net",
sait drauf Maiers Annegret.
„I find de sottane halt nett!"

Noddla

Im Schwaubaland duat neamad rüttla,
weil mir noddla dond!
Es isch it ganz wia rüttla, schüttla,
eher langsam, rund.

A Kind noddlat oft stundalang
an de Laufstall-Stäb.
Ma heart, dass au dr Erwin Strang
ganz guat noddla däb.

A Nagel, den ma braucha ka,
noddlat ma aus am Brett,
und a richtig gsunder Ma
noddlat au im Bett.

Noddla dät i geara d' Frau,
weil i se geara mag.
Noddla dät se aber au
vor Zoara manche Dag.

Am lucka Zah noddlat ma sacht,
ganz vorsichtig und fei.
Und wer mit siebzg a Kendle macht,
der noddlat an halt nei.

Moscht

Was isch im Sommer denn guat für da Duscht?
Was schmeckt am beschta zur saura Wuscht?
Mit was werrat d' Flecka im Kloidle betupft?
Was wird bei rotzige Nesa denn gschnupft?
Was trinkat d' Baura in dr Friah zum Kaffee?
Was hält lang im Fass und wird dir it he?
Mit was schwebsch im siebta Himmel im Glick?
Was macht di beim beschta Willa it dick?
Was hilft, wenn's im Ranza druckt, pfurrt und pfeift?
Dass nachher beim Scheißa 's Heisle verreißt?
Mit was wird beim Kocha d' Supp räs und fei?
Mit was reibt sich d' Bäure d' Arschbacka ei?
Was zwingt de nach drei Mauß scho deitlich in d' Knia?
Was wird leichter gschissa als herbsauer gschpia?

Natürlich dr Moscht,
ja, was denn au soscht?
Aus Äpfel und Bira, dau wird 'r gmacht.
Beim Moscht hupft mei Herz, ma heart wia es lacht.

Drum trink au an Moscht!
Ja, was denn au soscht?
Aus Äpfel und Bira, dau wird 'r gmacht.
Beim Moscht hupft dei Herz, wersch heara, wia 's lacht.

A bissle ebbes zum Lacha

Angst

Ganz langsam fährt mol wieder
durchs Heimatdorf dr Frieder.
Er fährt gmiatlich, wia sich ’s gheart,
weil er niemals schneller fährt.

Er guckt in Spiagel und erschrickt,
wia er d’ Polizei erblickt,
dia hinter eahm im Fahrzeug rollt
und eahn so langsam scheint’s eiholt.

Dr Frieder lasst’s jetzt richtig kracha
und fährt durchs Dorf mit hundert Sacha.
Doch des Rasa hat koin Wert,
weil d’ Polizei no schneller fährt.

Sia hand da Frieder recht schnell gstoppt,
hand furchtbar gschimpft und gar it globt.
Sia machat eahn so richtig rund:
Zum Rasa gäb’s doch wohl koin Grund!

„Mei Frau isch letzt Woch“, moint dr Frieder,
– „bisher war se brav und bieder,
doch plötzlich hau se nemme kennt –
mit ma Bulla durebrennt.“

Dr Polizist sait drauf: „Na und?
Des isch zum Rasa doch koi Grund!“
„Doch, Grund gnua“, moint drauf dr Frieder,
„i hau gmoint, er bringt se wieder!“

Autosuche

Am Parkplatz vor dr Wiatschaft da
lauft etwas unsicher a Ma,
der, wia's aussieht, ebbes suacht
und dabei recht sakrisch fluacht.

Dr Parkplatz, der isch brechend voll,
des findt der Ma wohl it so toll.
Er suacht vorna, er suacht hinta,
scheint's ka er 's Auto nemme finda.

Der guat Ma woiß sich scheint's koin Rat,
guckt it nach Farb und Fabrikat,
stroift allweil mit de Händ ganz flach
über jedes Autodach.

A Gast staht an dr Wiatschaft da
und beobachtat den Ma.
„He", schreit dr Gast, „was soll der Witz?
Du bisch ja voll wia a Haubitz!

So wersch dei Auto niemals finda,
guck halt mol auf d' Nummer hinta!
Du kennsch doch it – dass i it lach –
dein Karra bloß am Autodach!"

Lallend wirft dr Bsoffne ei:
„Dau muass a Blaulicht doba sei!"

Der Liebesbrief

Mein lieber Schatz, so schreibt dr Done,
ich find dich wirklich gar nicht ohne,
bin Tag und Nacht auf dich versessen
und kann dich niemals mehr vergessen.

Für dich besteig ich jeden Baum,
du bist der Glanz in meinem Traum,
du bist der Stern in meinem Himmel
und unter meinen Gäul der Schimmel.

Du bräuchtest bei mir nicht verzagen,
ich würde dich auf Händen tragen,
du bist so schön und lieb und zart,
zum Anbeißen und so apart.

Dein liebes Lächeln und dein Blick
sind für mich das größte Glück
und du bist die Welt für mich.
Du bist mein Glück, ich liebe dich.

Ich träume stets von deinem Charme
und hätte dich so gern im Arm.
Du bist das Glanzstück aller Weiber!
In Liebe grüßt dich Anton Schreiber.

P.S.
Doch solltest du mich gar nicht mögen,
tu den Brief nicht bloß ablegen.
Gib den Brief an d' Rosl Reiter
oder Baders Lisa weiter!

Zeitung

Allaweil beim Frühstück-Essa
dua i gera d' Zeitung leasa.
Doch heit isch spät, i sott glei los,
für d' Überschrifta langt es bloß.

Was isch passiert in Illertissa?
Des muass i jetzt scho gnauer wissa!
Was, scho wieder der alt Beasa!
Dui Gschicht, dui muass i au no leasa.

Au des Nuiescht von de Wahla,
was dr Rentner muass jetzt zahla,
wia dr Charles d' Camilla küsst,
moin i, dass i des wissa müsst.

's staht so viel denn, was i it woiß!
Dr Uhrazoiger gaht im Krois.
I lies und lies und dui Zeit rast.
Drweil hau i da Zug verpasst.

Doch so was deff oin halt it jucka,
sonst dät koi Mensch in d' Zeitung gucka.
's isch guat, dass it a jeder woißt,
warum a Zeitung Zeit-ung hoißt.

Beim Beichta

Zum Baur Karl sait mol sei Frau:
„Du sottesch au mol beichta gauh!"
„Meine Sünda", sait dr Ma,
„gand am Pfarr an Scheißdreck a!"

Nau antwortat de sell:
„Ohne Beichte kommsch in d' Höll!
Glaub mir, des isch it zum Lacha,
drum dät i dir den Vorschlag macha:

In unsram Kloster, mit Verlaub,
isch a Pater, der isch daub.
Dem kasch verzähla, was da witt,
der isch stockdaub, der heart de it."

Am dauba Pater dät er glatt
alls sa, was er verbrocha hat.
Drum gaht dr Karl ins Kloster glei,
isch in da nächsta Beichtstuahl nei.

„Jetzt dua i beichta", denkt dr Ma,
und schwätzt im Beichtstuahl vor sich na:
„Tam teram teram tamtam,
es kommat scho so Sünda zamm."

Nau schiabt dr Pfarr da Vorhang rom,
zoigt auf de andra Seite nomm,
sait: „Tip terip terip tiptip,
dr daube Pater hockt dau dieb!"

Hunderasse

Als im Supermarkt am Kassenband
ich mit meiner Ware stand,
mit 'ner Flasche Whisky und
Hundefutter für mein' Hund,
fragt die Dame an der Kasse
mich nach meines Hundes Rasse
und meint, dass es sich bei dem Tier
wohl handelt um 'nen Scotchterrier!

Dr Obstdieb

Ganz hälinga, im Gartahaus,
schmust d' Gabi mit am Schorsch.
Er isch recht scharf auf dui kloi Maus
und seine Händ sind forsch.

Dr Vatter hat dia zwoi, 's war mend,
erwischt auf frischer Tat.
Sieht, wia dr Schorsch mit boide Händ
ins Mieder griffa hat.

Dr Schorsch dui Untat runterspielt:
„I hau ra frei nix dau!"
Dr Vatter schimpft: „Wer Äpfel stiehlt,
der gaht an d' Zwetschga au!"

Dr Blomastrauß

A Jüngling, der isch frisch verliebt,
wia sich's so ab und zua ergibt.
Er gaht drum in a Blomahaus
weaga ama Blomastrauß.

Er fraugt d' Bedienung, was sui denkt,
was ma zu welchem Anlass schenkt?
Dui moint: „Am Anfang halt, zum Kosa,
schenkt ma am besta a paar Rosa.

Und wenn's mehr wird, nau zum Küssa,
schenkt ma moistens dann Narzissa.
So duat ma mit ma Blomabund
sei Absicht seiner Liebsta kund."

„Gar it ohne, gar it dumm",
sait dau dr Bua und guckt sich um.
„I denk, am Anfang duat's zum Kosa
erscht mol a kloines Sträußle Rosa.

Doch morga werd se nau beglücka
mit ma groaßa Strauß voll Wicka!"

Missverständnis

Dr Gast, der fraugat amol nau
beim Hausherrn und bei seiner Frau:
„Des Handtuach, des im Bad denn liegt,
isch mit ma großa ‚A' bestickt
und 's andre, auf am Schränkle dieba,
isch mit ma großa ‚G' beschrieba.
Jetzt sott i wissa", moint dr Ma,
„welchs i für was benutza ka?"

„Wissat, mir sind a feines Haus",
sait nau d' Frau und klärt an auf:
„Des mit ‚A' – es isch koi Witz –
wird benutzt nur fürs Antlitz,
und wo drauf gstickt isch a ‚G' – des
isch ausschließlich fürs Gesäß."

Ihra Ma verschrickt und stutzt:
„Nau hau i's bisher falsch benutzt!
Denn stell dir vor, du glaubsch es nicht:
I hau gmoint, 's hoißt Arsch und Gsicht!"

Das doppelte Lottchen

Er kommt von dr Wiatschaft gloffa.
Sui schreit: „Ja, bisch scho wieder bsoffa?"
Er moint: „Halt d' Gosch und gib a Ruah.
Dass de doppelt sieh, des isch Strauf gnua!"

Vergesslichkeit

A groaßes Übel weit und breit
isch doch dui Vergesslichkeit.
Alt und Jung send dau betroffa.
Wia oft lasst ma doch d' Haustür offa?

Wia oft kasch ebbes nemme finda,
woisch it, wo vorna isch, wo hinta.
Oder stahsch im Keller donda
und denksch: Was will i denn dau honda?

Du guckesch rum und denksch: Wo fehlt's?
Kartoffel? Äpfel? Zwetschgagsälts?
Bin i weags am Moscht ra komma?
Nau hätt i doch an Kruag mitgnomma!

Kurzum, 's gaht oim koi Liachtle auf,
drum steigt ma d' Stiaga wieder nauf.
Bisch doba, duat's im Hira schella:
Essiggurka hau i wella!

Jetzt gaht des Gschieß von vorna a:
Ma steigt jetzt wieder d' Stiaga na
und nau stahsch dann im Keller donda
und denksch: Jetzt bisch scho wieder honda!

Du guckesch rum und denksch: Wo fehlt's?
Kartoffel? Äpfel? Zwetschgagsälts?
Bin i weags am Moscht ra komma?
Nau hätt i doch an Kruag mitgnomma!

Kurzum – so gaht dr Dag au rum.

’s Fernglas

Dr Done sait zum Josef Drauft:
„I hau mir a nuis Fernglas kauft.
Des’sch a japanischs Fabrikat,
dau siehsch du scharf und akkurat.

Du wohnsch wohl an Kilometer
von mir weg, doch isch jetzt jeder
Schritt, den duasch, mir glei bekannt,
dank Fernglas aus am Japanland.“

„A Japan-Glas“, moint drauf dr Sepp,
„des isch wohl billig oder nett,
doch isch’s a Sauglomp, denn bei eis
kauft ma a Markenglas von Zeiss.“

„Noi, gwieß it“, moint drauf dr Done,
„i find des Fernglas gar it ohne.
Denn i hau di – eascht gest isch’s gwea –
mit deiner Frau beim Bumsa gsea!“

„Siehsch“, sait dr Sepp, „des’sch dr Beweis:
Hättesch du a Glas von Zeiss,
dann hättsch du’s schärfer gseah und klar,
dass des gestern dei Frau war.“

Dr jed hat sei Gebrecha

A alts Weibla staht am Straußarand,
’s Überquera isch riskant.
Von rechts kommat Autos und von links au.
Des isch riskant für dui alt Frau.

Neba da, zwischa Trottoir und Wiesa,
duat a Ma an da Randstoi na biesla.
Er scheniert sich it, er hat sich nix denkt,
er woiß ganz genau: Dui alt Frau isch blind!

Dia Auto werrat der Frau langsam z’viel,
sui braucht a Hilf, sui hat’s im Gfühl:
Dau muass oiner dau sei, der hilft mir gwieß numm,
drum greift se nach hinta, halt so um sich rum.

Er, mitta im Biesla, verschrickt, ’s isch a Graus!
Dui langat nach mir! Er schüttlat’n aus.
Er will’s gschwind verrauma, sei Deng, ’s war ja nackt,
derweil hat sui eahn am Schniedelwutz packt!

Er staht bloß rum, isch furchtbar verschrocka,
woiß it was er doa soll, kippt schier aus de Socka.
Er ka nix mehr sa, vergisst sogar ’s Schnaufa,
derweil isch sui mit eahm über d’ Strauß nüber glaufa.

Und wia se nau dieb sind – er hat sich scheniert –,
sait sui: „Vielen Dank, Sia hand mi guat gführt.
Dass Sia grad dau warat, des hat mi arg gfrait,
es gibt ja no selten so hilfreiche Leit.

Ja, ja“, sait dui Frau mit ama Lächla,
„a jeder hat so kloine Gebrechla!
I bin blind und Sia – des isch jetzt koi Tadel –,
Sia hand an Dauma ohne Nagel!“

Gmischte Sauna

Dr Papst isch in dr Sauna gwea
mit seine Kardinäle.
Er hat so was zum erst’ Mol gseah
und moint: „Auf alle Fälle

dond mir mora au sauniera.“
D’ Kardinäle moinat: „Noi!
Mora müasst mer uns scheniera,
denn dau sind mir it alloi.

Mora kommat alle zam
mitnander in dui Sauna rei.
’s staht ‚Gmischte Sauna‘ im Programm
und dau könnat mir it nei!“

Dr Papst moint nau: „Ihr Gschamische!
Machat doch koi Gschieß it draus!
Dia paar Evangelische
machat mir doch gar nix aus!“

Des Rätsels Lösung

Beim Waldspaziergang isch es gwea,
dau hau i scho von weitem gseah,
a Frau und dia war unvergesslich
schrecklich wiascht und furchtbar hässlich.

I guck se a und sieh, sui hat
auf am Buckel dob an Rab.

Als se auf gleicher Höhe isch,
sait se: „Liaber Ma, du bisch
a Glückspilz, denn i find di nett,
und du deffsch zu mir ins Bett.

Vorausgesetzt, du sagsch zu mir,
was i dabei hau für a Tier!
Dann staht es in meiner Macht,
dass i dir schenk a hoißa Nacht.“

„Um Gottes Willa“, denk i dau,
„wia kriag se wieder los, dui Frau?
Was dua i dau“, denk i, „o Graus,
am beschta isch, i kriag’s it raus!“

I reiß me zam und sag mit Stil:
„I denk, des isch a Krokodil!“
Zu meim Entsetza sait dui nau:
„Des ka ma grad no gelta lau!“

Der begnadete Maler

A Malermoister, ’s isch it gloga,
hat mangels glerntem Personal
an arbeitslosa Gynäkologa
ei’gstellt und hat gmoint: „I zahl
über Tarif und gar it schlecht
und i denk, du lernesch rasch,
machsch dei Arbat guat und recht,
so dass du di bald ei’gschafft hasch.“

Vier Wocha drauf fraugt er da Gsell,
wia sich dr Frauaarzt so macht,
ob er sich eigschafft hat, dr sell.
Dr Gsell, der lobat’n und lacht:
„Des’sch oiner von de beschte Leit,
der jemols bei uns gschaffat hat,
der Ma isch fleißig, recht und gscheit
und isch a Ma mit Rat und Tat.

Erst gestern hau i mit am sella
im ma Haus, recht alt und grau,
da Hausgang renoviere wella,
doch leider war grad neamad dau.
Und unser Frauaarzt – jetzt horch:
Der isch it ganga, isch it gwicha,
und hat dann durch da Briafschlitz durch
da ganza Hausgang gstricha.“

D’ Gleichheitstheorie

A jeder kennt da Einstein ja
und was der aufgstellt hat.
Doch mancher woiß halt it so recht,
wia des so vor sich gaht.

’s isch für da Durchschnittsmensch au schwer,
sich dau zurechtzumfinda,
dass nach der Gleichheitstheorie
ka vorna sei au hinta.

So hand amol mei Freind und i
dau au an Vortrag gheart.
Wia’s aus war, hat dr Freind mir gsait:
„Mir war des a weng z’gleahrt.

’s war wohl a haufa Gschwätz drum rum,
doch hau i nix verstanda.
Hat wenigstens bei dir im Kopf
dau kenna ebbes landa?“

„Ja, ’s Wichtigscht hau i scho kapiert,
von dene viele Sacha.
A oifachs Beispiel gäb’s dau grad,
um dir des klar zum macha.

Jetzt nehm mr a, du dätsch dei Näs
zu mir ins Fiedla nei!
Ja, jetzetle, was glotzsch denn so?
Es soll ja bloß a Beispiel sei.

Jetzt hau i a Nes im Fiedla
und du kasch ’s Gleiche saga.
’s duat jeder in dem Augablick
des gleiche Schicksal traga.

Und des isch an der Theorie
im Endeffekt dr Clou:
Dass i mi dabei relativ
viel besser stell als du!“

Schlaflos

„Du“, sait dr Franz, „es isch it nett,
schlaflos lieg i nachts im Bett,
fühl me zerschlaga und malad,
woisch mr du denn au koin Rat?“

„Franz“, sait Nachbars Annemie,
„mach’s doch grad a so wia i.
I ka’s dir sa: I zähl bis drei
und dann schlauf i allweil ei.“

„Und des klappt immer?“, fraugt dr Franz.
„Moistens klappt’s, doch au it ganz,
wia i’s gern hätt. I sag es dir:
Manchmol zähl i bis halb vier!“

’s Handy-Zeitalter

Guckesch rum und guckesch numm,
dr jed springt mit ma Handy rum.
Beim Handwerksbuscht, beim Postillion,
übrall klinglat ’s Telefon.

Alls saust bloß an dir vorbei,
dr jed schwätzt pausenlos dabei,
mit am Handy in dr Hand,
doch schwätzat se it mitanand.

Manchem roicht it oins alloi,
solche, dia hand nau gar zwoi.
Oft, dau kommt mir’s grad so vor,
dass manchem fehlt a drittes Ohr.

Ma trägt’s, ma sieht es wiederholt,
wia a Westernheld da Colt.
Und dia vom FKK-Verei,
dia klemmat’s sich ins Fiedla nei.

I hau bis jetzt no koins,
doch mora kauf mr oins!
Und allerspätest übermora
hau au i nau hoiße Ohra!

Doch dr Fortschritt macht it halt
und es gibt vielleicht scho bald
Mini-Geräte, winzig klei,
dia baut ma unter d’ Haut nau ei.

Nau strecksch da kloina Finger vor
und da Dauma duasch ans Ohr,
nau kasch du schwätza stundalang
und hasch da allerbest Empfang.

Und wenn's dann mol an jedem Ort
plötzlich in dr Hos rumort
und du a Schnattra hearsch, bloß kuz,
so dass da moinsch, du lasch an Fuz,
dann denk dir nix, denn eines Tags
isch des normal: Es kommt a Fax!

Dr gfährliche Hund

Zu Nachbars Res sait d' Kunigund:
„I hau Ärger mit meim Hund,
weil er – was mir it behagt –
allweil d' Leit mit Fahrrad jagt."

„O mei", sait d' Res, „des kasch it lau!
Was hasch denn drgega dau?"
Und d' Gunde moint: „Er duat's jetzt nomma.
I hau am 's Fahrrad wieder gnomma!"

Faulheit

Drei streitet sich am runda Tisch,
wer jetzt wohl dr Faulste isch,
denn dr Hans, dr Sepp, dr Paul,
dia sind alle drei recht faul.

Als Erster moint dr Paul:
„I bin scho furchtbar faul!
I hau – erst gestern isch es gwea –
hundert Euro liega seah.
Doch so was macht mi it verruckt,
i hau mi gar it danach buckt!“

Nau erklärt dr Sepp,
warum er faul sei däb:
„Auf ra hoißa Modeschau
war Schiffers Claudia au dau.

Mir hand lang gschwätzt, sui war recht nett,
am Schluss wollt sui mit mir ins Bett!
Doch i hau gsait: Lass mir mei Ruah,
i bin doch viel zu faul drzua!“

„Ihr sind wohl faul, doch no it ganz
so faul wia i“, moint nau dr Hans:
„Denn i bin erst im Kino gwea,
um an Film mir a’zumseah.
Im Klappstuahl hau i mir – des stimmt –
mein Allerwertesta ei’klemmt.

I hau – und des vergiss i nia –
zwoi Stund vor Schmerza bloß no gschria!
Doch zum Aufstauh, liaber Paul,
dazu war i viel zu faul!“

Schualafang

Wenn gaht a nuia Schualklass a,
ka ma seah, wia jederma,
der a Schualkind hat zum bringa,
mit dem duat schnell dr Schual zua springa.

’s Kind, im nuischta Mode-Look,
trägt voll Stolz a bunta Guck,
wird von de Eltra oft begleitat,
für dia des au recht viel bedeitat.

’s Fritzle, der kommt ganz alloi,
er wirkt au no recht zart und kloi,
drum fraugat au dr Lehrer glei,
wo denn Vatr, Muattr sei?

„Mein Vater, dean hau i it kennt,
dean hat bei uns au neamad gnennt.
Und a Muattr hau it net,
mi hat mei Tante ledig ghet.“

Im Himmel

Dr Max und d' Vev – so isch es gscheah –
sind jahrelang a Pärle gwea,
hand erleabt so mancherloi,
teils in Friada, teils mit Gschroi.

D' Vev war koi Guata, ka ma sa,
hat oft am Max da Grend verschla,
doch au dr Max, der hat sich gwehrt,
und seiner Vev Tacheles glehrt.

Oftmols flog so manches Drum
und trotzdem gingat fuchzg Jauhr rum.
Goldne Hochzeit hat ma au
über sich erganga lau.

Von heit auf moara, ohne Noat,
hollat zmol da Max dr Doad.
Sei Vev, wohl traurig um da Ma,
hängt no a paar Jährla na.

Im hoha Alter isch se gwea,
mei, dau isch es halt mol gscheah:
D' Vev wacht oifach nemme auf,
fährt bolzagrad in Himmel nauf.

Dr Petrus lat se au nau glei
gradwegs in da Himmel nei,
und d' Veve schwätzt an glei drauf a:
„I möcht am liabschta zu meim Ma!

Mei Max isch sicher au dau hoba,
a braver Ma, ka an bloß loba,
der isch ganz gwieß im Himmel henn,
komm sag mir glei: Wo isch er denn?“

Dr Petrus blättrat ganze Wälzer,
suacht in de Biacher nach Max Stelzer.
„Wia's aussieht, isch er it dau rei,
der muass wohl in dr Höll dunt sei!“

D' Vev fangt glei zum heila a:
„Des ka it sei! Mei braver Ma?“
Dr Petrus hat glei telefoniert:
„Au in dr Höll isch er it gführt!“

„Mei liaber Ma, o mei, o mei,
wo ka dui arma Seel bloß sei?
Petrus, hasch an gwieß it gseah?
Fuchzg Jauhr sind mir verheirat gwea!“

„Dann hat er nix mehr a-zum-biaßa,
des hat 'r auf dr Welt scho miassa.
Nau isch er“, moint dr Petrus, „hinta
bei de Märtyrer zum finda!“

Des Gärtners Rat

Am Gärtner Maier seine Pflanza
sind ohne Läus und ohne Wanza.
A jeder Blomafreind, der lacht:
Maiers Bloma sind a Pracht!

Maiers Pflanza sind a Freid,
alles bliahat und gedeiht.
Drum hat au d' Theres Olderslauft
beim Meier ihra Pflänzla kauft.

Vier Wocha drauf kommt d' Res und schreit:
„Mit deine Pflänzla bscheißsch du d' Leit!
Denn alles, was i ghollat hau,
des wächst it gscheit und wird bloß brau!

Mit Dünga hau es scho probiert,
doch des hat glei zu gar nix gführt.
I hau au immer fleißig gossa,
doch dia Pflanza sind it gschossa."

Dr Gärtner moint: „Des liegt am Boda,
dau hilft koi Dünga und koi Roda,
d' Zusammasetzung von dem Dreck,
dui erfüllt den Wachstumszweck.

Vom guata Humus nemmsch oi Drittel,
oi Drittel Laub als Wachstumsmittel,
oi Drittel von ma feina Sand,
oi Drittel Mischt vom Bauraland."

„Vier Drittel?“, moint drauf d’ Res nau glei,
„des isch doch z’viel, des ka it sei!“
„O Weib“, sait er, langt sich an Kopf,
„nau hollesch halt an greaßra Dopf!“

De sprechend Katz

Alloi und einsam war a Ma.
Drum schafft er sich a Kätzle a
für des Wohl von Seel und Leib
und au für da Zeitvertreib.

Und es gaht eahm durch da Grend:
„’s wär guat, wenn dui Katz schwätza könnt!
Weags dr Kommunikatio
hättet sui und i was drvo.“

Er schwätzt ra viele Wörter vor.
Dui Katz spitzt ab und zua a Ohr
und losat wohl, was er so sait,
doch schwätzt it. Er hat gar koi Freid.

Vier Wocha duat er scho trainiera,
doch ’s gaht nix nei in ihra Hira.
Sau narrat sait er drum recht barsch:
„Blödes Vieh! Leck mi am Arsch!“

Drauf antwortet des Kätzle nau:
„Mi au!“

Oben ohne

Ne Frau, die keine Haare hat,
trägt ihren Schädel eben glatt.
Von Schönheit keine Bohne.
Eben oben ohne!

Ne Frau, zahnlos, mit leerem Mund,
die tut auch keine Schönheit kund.
Lacht wie ’ne leere Tonne.
Eben oben ohne!

Doch wenn sie keinen BH trägt,
die Gier in Männeraugen steht.
Das ist doch wohl ’ne Wonne!
Eben oben ohne!

Schminke

Er hockat auf am Sofa grad,
sui schreit nau plötzlich aus am Bad:
„I wieg, mei Ma, des gibt a Fest,
zwoi Kilo weniger als gest.“
Und er, der miad zur Badtür winkt,
moint nau: „Du bisch ja no it gschminkt!“

A bissle ebbes vom Feira

Musikanta spielat auf

Heit wird's pfundig, heit wird's toll,
und d' Wiatschaft wird so langsam voll.
A Ziach, a Tuba, schloift ma rei,
Instrumenter, groaß und klei,
halt was 's zum Musiziera geit.
D' Musikanta spielat heit.

Es kommat d' Leit von nah und weit
und au de Scheascht von Schneitzelreith.
Dr Bauer, glei von neaba da,
der hat no d' Gummistiefel a.
Am Neabatisch vornehme Leit.
D' Musikanta spielat heit!

A paar Bläser land's jetzt kracha,
dond a Danzl-Musi macha,
an Boirischa mit viel Tamtam,
auseinand und wieder zamm.
In dr Wiatschaft tanzat d' Leit.
D' Musikanta spielat heit!

Hintram Ofa singt ma Liader
von de versoffne Stammtischbriader.
A Prosit duat ma drauf krakeela,
um nau dui Gurgl nui zum öla.
Gsoffa wird heit alls was geit.
D' Musikanta spielat heit!

Laut isch's, eng isch's und a Hitz,
dr Theo, der verzählt an Witz,
dr Uwe singt vom Kanape,
dr Evi ihra Geig isch he,
'S hat oiner 's Bier grad drüber keit.
D' Musikanta spielat heit!

A Stubamusik neaba da,
zwoi Fraua, 's Mädle und a Ma,
spielt a zarte Alpen-Weise.
's Mädle an dr Harf lasst leise
d' Harfasaita sanft frohlocka.
Neaba da muass oiner koppa.

D' Tuba pfutzgat, Putz haut's ra,
Flöta pfeifat nauf und na.
Trompeta klingat blechig hell,
a Klarinettalauf kommt schnell.
Und mitnand singt ma a Liad.
D' Musik spielt heit auf beim Wiat!

A Flötatrio möcht no eaba
a scheanes Liad zum Besta geaba,
so a richtig scheana Weise,
Vogelgsang, 's Liad von ra Meise.
Dui Flöt pfeift pianissimo.
„Zwoi Halbe" schreit nau oiner no!

Musiziera geit an Duscht,
doch am Wiat, dem isch des wuscht,
und drum sticht jetzt dr guata Ma
bereits des sechste Fässle a.
Und ’s geit an Schnaps no oba drauf.
D’ Musikanta spielat auf!

Bald isch d’ Nacht rum, ’s tagat scho,
und d’ Musik, dui spielt allweil no.
D’ Wiatschaft isch wohl nemme voll,
dafür dia Musiker ganz toll.
Sia lallat und dr Geiger schielt.
D’ Musik, dui hat gest aufgspielt!

Zerschlaga

Er möcht am früha Arbeitstag
von seim Kollega mol an Rat.
„Wenn i de ganz Nacht durchzecht hau,
muass morgens dann zum Schaffa gauh,
dau bin i dann – wia soll e saga –,
nau fühl i mi dann – ganz zerschlaga.
Jetzt dät i gern wissa – i woiß mir koin Rat –,
ob’s dir am Morga grad so gaht?“
„Noi“, sait der auf d’ Schnelle,
„i bin no Junggeselle!“

Warum trinkt der Mensch?

Ma ka, dua i grad überlega,
trinka, vier Ursacha wega:
Erstens: da guata Wei zum ehra.
Zwoitens: da Durst ab-zum-wehra.
Drittens: um da Durst zum stilla.
Viertens: um jeder Ursach willa.

Mancher trinkt, weil ihn dr Hunger,
mancher, weil dr Durst ihn plaugt,
mancher trinkt, weil eahm sei Junger,
mancher, weil de Jung nix taugt.

Mancher, um sich wach zum halta,
mancher erst zur Schlaufenszeit,
mancher, weaga seiner Alta,
mancher bloß aus purer Freid.

Mancher trinkt nach Feieraubad,
mancher scho am Tag viel z'viel,
mancher erst am späta Aubad,
mancher bloß beim Kartaspiel.

Mancher, weil er grad isch duschtig,
mancher, weil d' Bedienung nett,
mancher, weil er grad so luschtig,
mancher, weil des Floisch war z'fett.

Mancher trinkt aus Langeweile,
mancher, weil er geara hockt,

mancher, der trinkt in dr Eile,
mancher, weil sei Alta bockt.

Mancher trinkt, weil er muass wandra,
mancher, weil er doch no bleibt,
mancher trinkt zamm mit am andra,
mancher, weil er d' Zeit vertreibt.

Mancher trinkt, weil er hat gwonna,
mancher, weil ihm d' Miete fehlt,
mancher, weil ihm 's Geld zerronna,
mancher, weil sei Frau ihn quält.

Mancher trinkt aus lauter Jubel,
mancher, weil er d' Uhr versetzt,
mancher trinkt im Sangestrubel,
mancher, weil er d' Hos zerfetzt.

Mancher trinkt scho vor dr Hochzeit,
mancher aber nachher no,
mancher trinkt aus lauter Mitleid,
mancher trinkt bloß oifach so.

Mancher, weil er 's Weib verloara,
mancher, weil se doch no leabt,
mancher, weil a Kind gebora,
mancher, weil sei Weib ihn schlägt.

It bloß Männer, 's wär vermessa,
trinkat allweil und sind blau.
Dia Versla, dia ihr bisher gleasa,
geltat au für mancha Frau.

Alle trinkat, weil se miassat,
denn was Furchtbars isch dr Duscht.
Wer nix trinkt, der muass des biaßa,
drum isch au Wasser in dr Wuscht.

Ob in Kriag oder aus Tassa,
ob an Liter oder zwoi,
sia miassat groaß sei und was fassa,
d' Gfäßform isch nau oinerloi.

Sollt's aber an allem fehla,
hätt mr weder Kruag no Glas,
dädat mir uns eaba quäla,
tränkat direkt aus am Fass.

Lieber Gott, gib uns zum trenka,
ebbes Guats, was, isch uns wuscht.
Lieber Gott, dua au dra denka:
Gib uns au da nötga Duscht!

Feten

Es kosten heiße Feten
sehr häufig viel Moneten.
Nicht unbedingt die pure Lust
bei Kaviar und Wachtelbrust,
viel mehr sind im Liebesfeuer
oftmals dann die Folgen teuer.

A bissle ebbes zum Singa

Ja, ja, das ist klar

Sie war ’ne Schlanke, er ’n Dicker,
ein angeseh’nes Ehepaar.
Er war gescheit, Mathematiker.
Doch sie war unberechenbar!

Ja, ja, das ist klar:
So ein Ehepaar
lebt, wie’s immer war,
harmonisch, das ist klar!

Er hat geschuftet und gerackert,
er sparte an seim letzten Hemd,
hat seine Felder stets beackert.
Sie lebte nur und ging oft fremd!

Ja, ja, das ist klar ...

Er liebte seine Frau und Kinder
und brachte Spielzeug und Parfüm.
Aus Liebe wurd' er immer blinder.
Die Kinder waren nicht von ihm!

Ja, ja, das ist klar ...

Er war der Staatsmann, der beliebte,
und er war ehrlich, sauber, rein.
Gewann und war nie der Besiegte.
Zuhause war er nur ein Schwein!

Ja, ja, das ist klar ...

Sie waren einsam und alleine,
doch glücklich waren sie als Paar.
Ihr Glück, das hielten sie geheime.
Weil er kathol'scher Pfarrer war.

Ja, ja, das ist klar ...

Er führte die perfekte Ehe
und stellte sie auch gern zur Schau,
so dass sein Glück ein jeder sehe.
Zuhause war er meistens blau!

Ja, ja, das ist klar ...

Er war bekannt, der große Macher,
mit Frauen, Autos, Villa, Pool.
Die Hochzeit war nur ein Geschacher.
Denn das war Täuschung: er war schwul!

Ja, ja, das ist klar ...

Sie gab ihr Geld aus stets mit Pferden,
und er gab's aus beim Bierausschank.
Die Nachbarn sollten neidisch werden.
Das Haus gehörte längst der Bank.

Ja, ja, das ist klar ...

Er war der Künstler, liebte Farben,
und malte stets rot-gelb auf grau.
Doch seine Frau war voller Narben,
er schlug sie täglich grün und blau.

Ja, ja, das ist klar ...

Er war uralt, sie jung geblieben,
wahrhaft ein unterschiedlich' Paar.
Das Testament war längst geschrieben.
Nur gut, dass er vermögend war.

Ja, ja, das ist klar ...

’s staht jeden Dag a Dummer auf

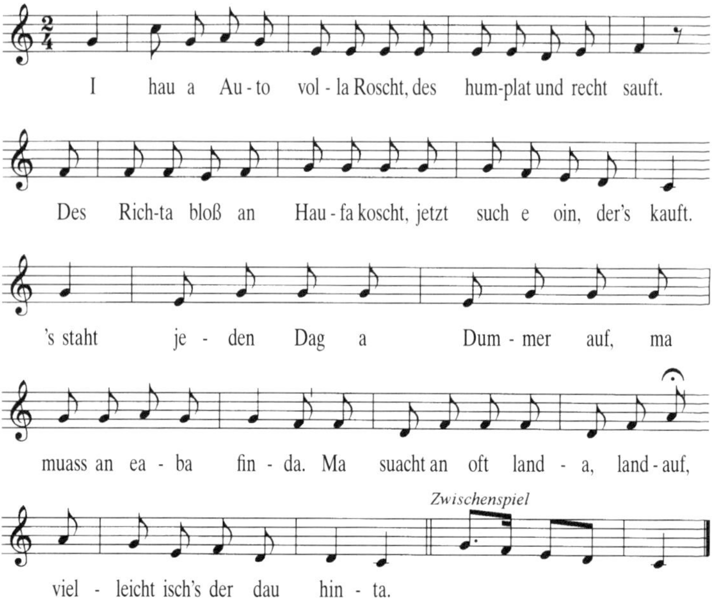

I hau a Auto volla Roscht,
des humplat und recht sauft.
Des Richta bloß an Haufa koscht,
jetzt such e oin, der’s kauft.

’s staht jeden Dag a Dummer auf,
ma muass an eaba finda.
Ma suacht an oft land-a, land-auf,
vielleicht isch’s der dau hinta.

Mei Freindin, dui isch kugelrund,
der passt koi Kloid, koi Hos.
Sui wiegt jetzt scho zwoihundert Pfund,
jetzt hätt se geara los.
's staht jeden Dag a Dummer auf ...

I hau a Kuah, dui nix mehr frisst,
sui isch scho klepperdürr.
I denk, dass se verkaufa müasst,
drum dua se mol ins Gschirr.
's staht jeden Dag a Dummer auf ...

I hau an Gaul, der lahmat arg,
koin Meter der mehr lauft.
I sag, der sei als Rennpferd stark,
und suach jetzt oin, der'n kauft.
's staht jeden Dag a Dummer auf ...

I hau a schiafes, wackligs Haus,
es isch recht grau und alt.
Jetzt suach i mir an Käufer aus,
der zwoi Milliona zahlt.
's staht jeden Dag a Dummer auf ...

I hau an alta Gruscht dahoim,
den i gern losbraucht hätt.
I stell'n vor's Haus, jetzt suach e oin,
der ebbes zahla dät.

's staht jeden Tag a Dummer auf.
Doch kasch koin Dumma locka,
nau kriagsch nix los, nau zahlsch bloß drauf
und bleibsch auf deim Gruscht hocka.

... des macht warm

Rotz am Backa
und a Mensch im Arm,
Scheißdreck an de Ellaboga,
des macht warm.

Moscht im Kriagle
und a Schnaps im Darm,
’s Weible hintram Kachelofa,
des macht warm.

Frieda stifta
zwischa Reich und Arm
und dabei da Grind na heba,
des macht warm.

Dreck am Ärmel
und a Muckaschwarm
unter ama Fluigabätscher,
des macht warm.

Nesabohra
mit am ganza Arm,
möglischt bis zum Ellaboga,
des macht warm.

D' Hand im Ausschnitt
vom ma Weib, mit Charme,
de ander Hand im Hosalada,
des macht warm.

Pudelnackat
und a Mensch im Arm
und drzua Viagrapilla,
des macht warm.

Fraua küssa,
alle hübsch, mit Charme,
möglichst hoiß und glei im Dutzend,
des macht warm.

Oier klauba
in ra Hennafarm,
barfuaß in dr Hennascheiße,
des macht warm.

Honig sammla
im ma Bienaschwarm,
zuckersiaß und pudelnackat,
des macht warm.

Ländler

Dr Sepp von Weißahora
hätt beim Nesabohra
geara Kügala dreht,
wenn er Rotzbobbl hätt,
hätt er geara dreht.
Dr Sepp von Weißahora
hätt beim Nesabohra
geara Kügala dreht,
wenn er Rotzbobbl hätt,
hätt er dreht. Jawohl

D’ Sophie von Illertissa,
ja, dui hat beim Küssa
allweil d’ Rotzglock na ghenkt,
dass des so ablenkt,
hätt i niemals denkt.
D’ Sophie von Illertissa,
ja, dui hat beim Küssa
allweil d’ Rotzglock na ghenkt,
dass des so ablenkt,
hätt i it denkt. Jawohl.

Ja, dr Schreinergsell,
der hat am Maurergsella
in sei Bierflasch nei gspiea,
mei des war a Briah,
so grea wia no nia.
Ja, dr Schreinergsell,
der hat am Maurergsella
in sei Bierflasch nei gspiea,
mei des war a Briah,
wia no nia. Jawohl.

Ja, dr Ratzagiggl
hat am Hennabiggl
in da Rucksack nei gsoicht,
’s ganz Butterbrot war woich,
vom Ratzagiggl seim Soich.
Ja, dr Ratzagiggl
hat am Hennabiggl
in da Rucksack nei gsoicht,
’s ganz Butterbrot war woich,
vom dem Soich. Jawohl.

Im Gsangsverei

Guck auf d’ Bühne, wia se standat,
guck mol, wia dia Ränza schwankat,
wia se singat, musizierat,
pfeifat, brummlat, trililierat,
d’ Gosch aufreißat, d’ Nesa lupfat,
guck mol, wia dia Kehlköpf hupfat,
guck, wia se da Kraga stellat,
wia dia Köpf in d’ Höhe schnellat.
Guck mol, wia dia Busa schwellat,
wia se scho bald d’ Blus verschnellat,
wia dia Zeah da Takt a’klopfat,
wia se sich im Text verkopfat.

Horch, wia doch dia Töne klingat,
wia se d’ Melodia bringat,
wia se singat, musizierat,
pfeifat, brummlat, trililierat,
dia Solista ’s Beste geabat
und ihr Solo singat, leabat.

Vom tiefsta Weineskeller Fass
mit diafam Brumma singt dr Bass.
Wia Donnerkracha klingt dr Ton,
wenn forte singt dr Bariton.
Die Spannung steigt, es schweigt dr Chor:
Zum hoha C klimmt dr Tenor.
Es springt des Glas, dr Wei fibriert,
die Sopranistin, die brilliert.

Und wer it singt, staht ungeniert
vorn, vor am Chor und dirigiert.
Er schwitzt und wedlat wia verruckt,
er windat sich und hupft und zuckt,
fuchtlat rum mit seinem Stecka,
fuhrwerkat in alle Ecka,
buckt sich, wenn se leise singat,
streckt sich, wenn se forte bringat,
gibt da Takt und zoigt a Leaba,
möcht wia dr Chor sei Bestes geaba.

Und nach am Singa gaht's erst los,
nau wird's erst lustig und famos.
Denn so a Singa gibt an Duscht,
drum trinkt ma jetzt mit sehr viel Lust,
duat so manchen Humpa lupfa,
lasst nomol 's Gurgelknöpfle hupfa,
lasst's literweis durch d' Gurgel laufa.
Nach am Singa muass ma saufa!
Alkohol, der lockert d' Zung
und beseelt, beschwingt, macht jung.
Drum stimmt jetzt so mancher Ma
des oi und andre Liadle a,
und neamad vom Verei muasch zwinga:
de ganz Schar duat scho wieder singa!

Es isch scho schea, es isch scho fei,
in so ama Gesangsverei.

A bissle ebbes vom Wetter

April

Was hat der Monat für an Nutza?
Er bringt doch bloß Aprillabutza!
D' Sonna scheint, nau haglat's Boiner,
so verruckt wia der treibt's koiner.

Des'sch doch a Depp, der blöd April,
der woiß doch gar it, was er will.
Z'mol isch warm und a'gnehm lind
und glei drauf pfeift a kalter Wind.

Nau ka's sei, dass Krotta haglat
oder Eiskristalle naglat.
An Schneasturm bringt der Malefitz,
sogar mit Donner und mit Blitz.

D' Winterschuah muasch wieder holla
und da dicka Kittelbolla.
Nau reißt's auf und d' Sonn brennt ra,
nau kasch schier 's Hemmad it vertra.

Glei drauf kasch d' Sonn scho wieder suacha,
dau hilft koi beata und koi fluacha.
Doch wer hätt's denkt, trotz allem Gschroi,
sind d' Birka grea am ersta Moi!

Friahling

Wenn d' Sonna d' Nes kitzlat,
und Bloma rausspitzlat,
wenn d' Eiszapfa schmelzat,
und d' Baule sich welzat,
wenn d' Saubuaba blenzlat
und d' Mädle scharwenzlat,
wenn's juckt in de Lenda
und schwitzsch vorn und henda,
nau isch, des woisch gnau,
dr Friahling wieder dau!

Gewitter

Der Himmel lässt im Wasser Farbe,
das grüne Land verdunkelt sich.
Der Blitz schlägt plötzlich eine Narbe,
brennend, wie ein Messerstich.

Wind kommt auf und Blätter fliegen,
Tropfen knallen auf Asphalt.
Schwer sich die großen Bäume biegen,
Holz zerbricht und kracht und knallt.

Der Wind, der heult gar jämmerlich.
Im Blitz wird's wieder leuchtend hell.
Der große Baum, der schüttelt sich
wie ein Hund sein nasses Fell.

Sommer

Es stürmt und regnet schon seit Tagen.
Grauer Himmel, Wolken jagen.
Tiefdruck in der Atmosphäre.
Wenn's nur schon endlich Sommer wäre.

Dunstig, diesig, schon seit Tagen.
Keine Sonne, Nebelschwaden.
In mir ist Trübsal, nur noch Leere.
Wenn's nur schon endlich Sommer wäre.

Sonne, Hitze, schon seit Tagen.
Dreißig Grad und Mückenplagen.
Ständig Hochdruckatmosphäre.
Wenn's doch nur vorüber wäre!

Sauwetter

Es soicht und reagnet scho seit Wocha,
d' Leit hand sich in dr Stub verkrocha,
denn ohne Schirm kasch it auf d' Strauß,
dau wersch soichnass, es isch a Graus.

Koin gscheita Schritt kasch dau mehr macha,
wo da na trapsch, lauter Lacha,
dr Boda isch scho wia a Sumpf.
Koi Sonnastrahl, alls grau und stumpf.

Und guckesch dir da Himmel a:
Wolkafetza hangat ra,
teils rabaschwarz, teils katzagrau,
wia's aussieht lat's no lang it nau.

Es giaßt, es schüttat, soicht und soicht,
a jeder schreit „es roicht, es roicht!“
Doch 's heart it auf, it ums Verrecka.
So a Wetter freit bloß d' Schnecka!

Herbstwind

Der Wind, der blausat wia verruckt,
Blätter wirblat's umanand.
A Huat saust rum, er hupft und juckt,
so a Wind schafft allerhand.

Und Buaba, dia land Dracha steiga,
an lange Schnura, straff a'gspannt.
Dr Wind streicht drüber, wia aus Geiga
hearsch Herbstmusik am Waldesrand.

A Ma, der hockt am Bänkle da,
guckt zua, im tiafa Schweiga.
„It mol bei dem Wind“, denkt der Ma,
„dät mei Dracha steiga!“

A bissle ebbes vom Schaffa

Dr Maurer

Vergisst dr Maurer amol ’s Wasser,
isch d’ Speiß z’trucka, anstatt nasser.
Vergisst dr Maurer mol da Sand,
dann hält sei Speiß it an dr Wand.
Vergisst dr Maurer da Zement,
fällt ihm dui Decke auf da Grend.

A Maurerspeiß hat ihre Mugga:
Mol isch se z’feicht, mol isch se z’trucka.
Am besta isch se, glaub i schier,
so nach dr sechsta Halbe Bier.

Drum isch ’s Wichtigste beim Maura,
soll d’ Wand a Leaba überdaura,
dass so a Bauherr u’scheniert
de Maurer recht viel Bier spendiert.

Friseurlehrling

Am Nachmittag, kurz vor Feieraubad
hat dr Moister da Friseurlehrling gfraugat:
„Warum sind deine Händ so dreckig
und deine Oberärm so fleckig?“
Dr Lehrling sait: „Des isch doch klar,
weil heit no koiner beim Hoarwäsche war!“

Der Elektriker

Er ist der Fachmann für den Strom.
Flickt einer aber selber rum,
wartet der Strom schon mit viel Spannung
auf den Murkser ohne Ahnung.

Dann zischt's und funkt's, das Licht geht aus,
denn dann haut es die Sicherung raus.
Die Fehlbedienung war ein Kurzer,
dank falscher Schaltung von dem Murkser.

Der Fachmann meint mit Star-Allüren,
so was könnt ihm nicht passieren.
Doch er hat, in Gattins Schoße,
auch 'nen Kurzen in der Dose.

Beamtaschwoiß

De deierst Flüssigkeit, i woiß,
des isch dr Beamtaschwoiß!
Für den muasch lega auf da Tisch
viel Geld, weil der so selta isch!

Schlaflos

Dr Müller aus am Landratsamt
lauft im Gang duss umanand
und sieht au sein Kollega laufa.
„So", sait er, „kasch au it schlaufa?"

Der Schornsteinfeger

Trägt der Feger seinen Besen,
ist er grad beim Fegen gwesen.
Denn hat der Feger fertig gfegt,
hat er ihn über d’ Schulter glegt.
Siehst du den Feger ohne Besen,
hat er ihn im Kamin vergessen.
Doch hängt der Besen drauß am Zau’,
dann fegt er grad bei deiner Frau.

Spesen

Mit Abstand de lustigste Leit,
dia’s bei uns in Deitschland geit,
sind d’ Abgeordnete. Dia Leit
vom Regierungsparlament.
Weil dia allweil, wia i find,
stets zu Spesen aufglegt sind.

Rechtsanwälte

Zwoi Rechtsanwält, dia hand sich troffa.
„Dir gaht’s doch guat, will i doch hoffa?“,
spricht dr oi da andra a.
Dau drauf na sait dr ander Ma:
„Noi, gwieß it! I ka dir saga:
Mir gaht’s schlecht. I ka it klaga!“

Beim Metzger

Was isch wohl in dr Wuscht alls denn?
Floisch von ma Rindvieh, von ra Henn?
Sägmeahl, Soja, Hobelspä?
Putzlumpa oder gmahlne Zäh?

Innereia, Gips, Zement?
Oder von ra Goiß dr Grend?
Knocha, Schwatta von ra Sau?
Was isch denn? Ma woiß it gnau!

Des Wichtigste, des isch bloß oins:
Floisch brauchsch it viel, oder au koins.
Wasser braucht ma viel zum Wuschta!
D' Kundschaft soll ja it verduschta.

Beamte

Beamte unterhaltat sich:
„Dia Leit, dia sind doch fürchterlich!
I woiß it, was dia allweil hand,
dia hand doch alle koin Verstand!

Dene mach mr doch nix recht,
allweil machat se uns schlecht.
Mit Vorurteile sind dia fix.
Kapiersch du des? Mir dond doch nix!“

A bissle ebbes zum Nauchdenka

Es wird all Dag wieder Dag

Wia oft zerreißt de's fast vor Zoara!
Wia oft grausat's dir vor moara?
Doch was au 's Leaba bringa mag:
Es wird all Dag wieder Dag.

Wia oft hoffsch du auf a Wunder?
Wia oft moinsch, d' Welt gaht bald unter?
Doch was au 's Leaba bringa mag:
Es wird all Dag wieder Dag.

Wia oft duat ma dir d' Nerva töta?
Wia oft gaht d' Harmonie halt flöta?
Doch was au 's Leaba bringa mag:
Es wird all Dag wieder Dag.

Wia oft schimpfsch du auf d' Politik?
Wia oft denksch du, du seisch zu dick?
Doch was au 's Leaba bringa mag:
Es wird all Dag wieder Dag.

Verzweifle it, es wird im Leaba
allaweil an Ausweg geaba.
Denn was au 's Leaba bringa mag:
Es wird all Dag wieder Dag.

Jung sei

Bloß no jung sei wend d' Leit,
alt sei, sei it guat.
Du glaubsch kaum, was ma heit
im Jugendwahn duat.

Mit Wellness und Bäder,
dau hält ma sich jung.
Mit Hantla und Räder
hält ma sich in Schwung.

Mit Jogging und Stretching,
zu viert und zu dritt,
und Jumping und Walking,
dau macht ma sich fit.

Zum Frühstück an Kopfstand,
danach an Spagat.
Zum Mittag an Brotrand,
am Aubad Salat.

Es gaht no viel krasser,
bei Weib und bei Ma:
Zum Trinka bloß Wasser,
sei guat für da „Teint".

Auf dr Haut, deiner alta,
muasch crema und schmiera,
und dui Salb gega Falta
muasch au ausprobiera.

Wenn d' Falta an Hifta
und Arsch werrat mehr,
nau lasch de halt lifta,
nau bisch wieder wer.

Jetzt sag amol ehrlich,
findsch du des normal?
Des isch ja scho peinlich,
mir spinnat total.

I moin, des deffsch heara:
au a alts Gsicht isch schea.
Und dau deffs au geara
a paar Falta gea!

Egoist

Was kümmrat mi des Nachbarn Schmerza?
Was kümmrat mi denn andre Leit?
Was intressiern mi andre Herza?
Was intressiert mi andrer Leid?

Es isch doch sinnvoll, erst an mi zum denka!
Es isch doch klar, des erste Glas schenk i mir ei!
Es wär doch blöd, andre mei Glück zum schenka!
Es isch so schea, a Egoist zum sei!

Krücka, Krücka ...

Krücka, Krücka, gebt uns Krücka!
Guckat, wie gaht d' Menschheit lahm,
seit ma, um se zum beglücka,
ihr dia letzte Stütza nahm.

Brilla, Brilla, gebt uns Brilla!
Grea und blau und gelb und roat.
Volles Licht isch für Pupilla
vom ma Menscha sichrer Doad.

Schnecka, Schnecka, gebt uns Schnecka!
Kaviar und Sekt zur Not.
Uns gaht's guat. It ums Verrecka
fressat mir a trocknes Brot.

Lüga, Lüga, gebt uns Lüga!
Ach, wie isch doch d' Wauhrheit roah.
Wauhrheit macht uns koi Vergnüga,
Lüga machat fett und froah.

Gänglbänder, Schaukelpferde,
Himmel, Höll, Moral und Brot
und di sell geb deiner Herde
wieder zruck, oh großer Gott.

Gestern und morga

Jeda Woch, dui hat zwoi Dag,
voller Angst und Sorga,
an dia ma gar it denka mag.
Und des isch gest und morga!

It des Heit macht oin verruckt,
it des Heit macht Sorga.
Des was weah duat, des was juckt,
des isch gest und morga!

Des Glück, des findesch du bloß heit,
d' Zukunft macht oim Sorga,
aber au d' Vergangenheit,
also gest und morga!

Also leab da heitga Dag,
ohne Angst und Sorga.
Was der Dag au bringa mag,
denk it an gest und morga!

Festhalta

Glaub mir des: es isch it leicht,
zum halta, was ma mol erreicht.
Drum halt's it fest, es hat koin Zweck,
dia Neider nemmat es dir weg.

Arme

Arme duat ma geara meida,
Arme miassat Hunger leida,
Arme sieht ma it so geara,
Arme dond im Luxus störa.

Arme nimmt ma it in Acht,
Arme hand koi Öl, koi Macht,
Arme sperrt ma hinter Zäu,
Arme sind ganz arme Säu.

Arme hand a seltsams Leaba,
Arme hand nix her-zum-geaba,
Arme hand nix zum vererba,
Arme miassat früher sterba.

Lob

Jeder weiß, der's gerne hört:
Ein schönes Lob ist sehr viel wert!
Doch dieses Lob, wie ich so meine,
bezieht, wie Gold und Edelsteine,
seine hohe Wertigkeit
ausschließlich aus der Seltenheit.

Wenn de Kinder Flügel wachsat

Wenn de Kinder Flügel wachsat,
duat des scho a bissle weah.
Wia se so ins Leaba kraxlat,
isch it oifach a'zumseah.

Wenn se langsam flügge werrat,
duat des scho a bissle weah.
Wia se kämpfat, kratzat, scherrat,
isch it oifach a'zumseah.

Wenn se stolprat, Grend a'schlagat,
duat des scho a bissle weah.
Wia se so am Leaba nagat,
isch it oifach a'zumseah.

Lass se scherra, lass se walta,
bockig sei und super gscheit.
Bloß wer los lat, ka se halta,
fliagat nau it gar so weit.

Freizeitgestaltung

D' Freiheit – dau isch gwieß koi Noat:
Wona ma guckt, schlägt dui wer doat.
Doch sei Freizeit doat-zum-schla,
des bringt von sell fast koiner na.

It jeder

It jeder, der an haufa sait,
hat au was zum sa.
It jeder, der beim Weible leit,
isch dera ihre Ma.

It jeder, der was Deiers kauft,
hat au a Geld im Sack.
It jeder, der so vornehm lauft,
steckt au im oigna Frack.

It jeder, der recht dreckat lacht,
hat au a sonnigs Gmiat.
It jeder, der auf Stimmung macht,
singt a fröhlichs Liad.

It jeder mit ma Ackergaul
hat drzua an Waga.
It jeder mit viel Zäh im Maul
hat au was zum Naga.

It jeder, dem dr Ranza staht,
hat au innres Gwicht.
It alles, was zwoi Backa hat,
isch au glei a Gsicht.

Was wird denn bloß ...?

Was wird denn bloß aus unsre Junge?
Computer bloß und harten Rock.
Laut „Pisa“ sind des bloß no Dumme,
hand auf d’ Schual null Bock.

Was wird denn bloß aus unsre Alte?
Mit Achtzga sind dia gsund und fit.
Von Kopf bis Fuaß koi oizga Falte,
außer dui im Schritt.

Was wird denn bloß aus unsre Reiche?
Mit Geld kauft ma Erfolg und Glick.
Korrupt und gierig, allweil ’s Gleiche,
dia kapierat’s it.

Was wird denn bloß aus unsren Armen?
O Leit, es werrat immer mehr!
Mit Hunger, Aids. Doch koi Erbarmen!
Ma guckat halt it her.

Was wird denn bloß aus unsrer Erde?
Verseucht, vergiftet – Wohlstandsmist.
Bald jeder in der Menschenherde
isch a Egoist.

Gerüchte

Gerüchte kochen überall,
schon zu allen Zeiten,
und jeder weiß auf jeden Fall
ständig Neuigkeiten.

Und ein Hirngespinst im Kopf,
sei's noch so klein, das wird bald schon,
wenn einmal im Gerüchtetopf,
zur großen Sensation.

Erstaunlich ist, wie jedermann,
wenn er nach Gerüchten jagt,
überall etwas hören kann,
auch wenn niemand etwas sagt.

Morga

Am heitga Dag, dau isch des Morga,
worüber mir uns gest no Sorga
gmacht und da Verstand
fast zermartrat hand.

Jetzt isch dr heitig Dag vorbei
und er war schea und sorgafrei!
Drum leab im Heit. Mach dir um morga
koine Ängste, koine Sorga!

Fressen und gefressen werden

Fressen und gefressen werden!
Die einen leben, andre sterben.
Die Tiere sind nicht gut und lieb
im steten Selbsterhaltungstrieb.

Doch was treibt Menschen ohne Not
zu rauben andern täglich Brot,
Schwestern, Brüder, arme Seelen,
zu bekämpfen und zu quälen?

Wer hat uns Menschen so enthemmt,
wer hat uns die Vernunft verklemmt?
Kann uns Gott die Metzeleien
irgendwann einmal verzeihen?

Gott schafft uns eine neue Welt,
befreit uns dort von Macht und Geld,
befreit uns von des Bösen Joch!
Oh Gott, wie lange brauchst du noch?

Müll

Dr Mensch ka alles möglich macha,
er macht unwahrscheinlich viel.
Doch, und des isch it zum Lacha,
am moista macht er Müll!

A bissle ebbes zum Beata

Dein Engel

Du bist schwach, doch ich will dich stärken.
Du bist vergesslich, doch ich will's für dich merken.
Du bist müde, doch ich will für dich wachen.
Du bist traurig, doch ich bring dich zum Lachen.
Du bist hungrig, doch ich will dich nähren.
Du bist wehrlos, doch ich will mich für dich wehren.
Du bist lahm, doch ich will für dich gehen.
Du bist einsam, doch ich will zu dir stehen.

Du bist weder hungrig, noch schwach, noch allein.
Denn ich werde immer dein Engel sein.

Falla

D' Blätter fallat wia von weit,
als welkat ferne Himmel-Gäta.
's isch, wia wenn's welke Bloma schneit,
dr Boda fangt se wia mit Kretta.

In dr Nacht fällt d' Erde schwer
aus Steara nei in d' Einsamkeit.
Sui fällt im Dunkla mehr und mehr,
ma heart se, wia se gellend schreit.

Ma heart im Falla 's Echo halla,
alles fällt in dera Welt.
Und doch isch Oiner, der beim Falla
alles lenkt und ganz sanft hält.

Gebet

Wenn dunkle Schatten Wolken ziehn,
Herrgott, magst du mir geben
ein kleines Feuer im Kamin
und etwas Glück daneben.

Herrgott, bewahr mich vor der Gicht,
gib, dass mein Herz nicht rostet,
um anderen Reichtum bitt ich nicht,
weil Geld mich zu viel kostet.

Herrgott, mach, dass ich irgendwann
an Geist und Seele reife,
dass ich der Schwermut trotzen kann
und nicht die Flucht ergreife.

Licht

Wenn uns der Tod die Augen schließt,
dann werden wir im Lichte stehn.
Ein Licht, das nur im Jenseits sprießt,
das wir auf Erden niemals sehn.

Ein wahres und ein göttlich Licht,
das wir so noch niemals hatten.
Da ist doch unser Sonnenlicht
wahrlich nur ein Schatten.

Wenn Gott die Menschen strafen will

Oh Gott, gib mir vom großen Glück,
möglichst auch das größte Stück.
Komm, gib mir Reichtum, Eigentum,
und gib mir Erfolg und Ruhm.

Oh Gott, lass mich niemals sterben,
lass meine Tante mich beerben.
Lass im Lotto mich gewinnen,
lass mein Geld niemals zerrinnen.

Oh Gott, ich bitt um Öl und Macht,
gib mir Schiffe mit viel Fracht.
Lass mich große Häuser bauen,
gib mir viele schöne Frauen.

Bringt Gott das Glück, dann ist er still,
macht 's Leben nicht zur Fete.
Wenn Gott die Menschen strafen will,
erhört er die Gebete.

Gebet

Oh Gott, ich bin voll Taurigkeit,
mich erdrückt der Lauf der Zeit.
Nimm mein Herz in deine Hände,
damit es leuchtend in dir ende.

Dein Engel

Du kannst mich nicht sehen,
und doch bin ich da.
Du kannst mich nicht fühlen,
doch ich bin dir nah.

Du kannst mich nicht greifen,
so wie einen Dieb.
Denn ich bin dein Engel
und habe dich lieb.

Schließ deine Augen
und lehn dich zurück,
du wirst mich erfahren,
immer mehr, Stück für Stück.

Ruf mich an, red mit mir,
tauch in dich hinein,
ich bin immer bei dir,
ich werd in dir sein.

Werde ernsthaft und still,
lass dich nicht stören,
und ich werd, so Gott will,
dich immer hören.

Kannst auf mich vertrauen,
ich bin klug und weise.
Doch denk immer daran:
Ich antworte leise!

Gebet

O Gott, gib mir andre Augen,
was ich so sehe, tut mir weh.
Die alten wollen nicht mehr taugen,
es schmerzt mich alles, was ich seh.

Sie sehen nur noch Krieg und Leid,
Lichtblitze und Leuchtreklamen.
Sie registrieren Macht und Neid,
Arroganz und Hass und Flammen.

Mein Gott, gib mir andre Ohren,
es schmerzt, was mir zu Ohren dringt.
Nadeln in meinen Ohren bohren,
’s tut weh, was zu Gehör man bringt.

Sie hören nur laute Geräusche,
Discomusik, Düsenjets,
und aus dem Radiogehäuse
harten Rock und Rap und Jazz.

Lass mich mit neuen Augen sehen,
lass mich mit neuen Ohren hören.
Lass mich die Liebe neu verstehen
und die Stille neu beschwören.

A bissle ebbes vom Sterba

Dr letzte Dag

Du sell liegsch dond im Sarg,
wo's dunkel isch und karg.
Bloß d' Erba sind no oba,
sia miassat di no loba.
Dann gaht ma nomol essa
und nau bisch du vergessa.

Arm und Reich

A Ma isch arm, dr ander reich
und a Leabdag im Vergleich.
Denn allaweil, tagei, tagaus,
hängt dr Reich da Groaßa raus,
und da Arma, liabe Leit,
den zerfrisst's allweil vor Neid.
In dem Streit gibt koiner Ruah,
bis boide schnappt mol 's Arschloch zua.
Und was war am End dr Zweck?
Auf boide liegt dr gleiche Dreck!

Sterben

Ein Mensch stirbt leicht, 's ist schnell vorbei.
Ein andrer quält sich tot dabei.
Zum Sterben braucht's nicht Kunst noch Kraft.
Bisher hat's jeder noch geschafft.

Erba

Bisch du arm, kasch nix vererba,
nau kasch dir Zeit lau mit am Sterba.
Denn, wenn's nix zum erba geit,
hat an deim Doad koi Mensch a Freid.

D’ Äscha

Dr Huber Franz hat miassa sterba.
Vor dr Urne standat d’ Erba
und streitat hoiß und voller Gluat,
was ma mit dr Äscha duat.

„Dui kommt zu mir“, sait d’ Schwester klar,
„weil er mei liabster Bruader war!“
„Noi“, sait dr Chef vom Golfverei,
„dui kommt zu uns ins Club-Haus nei.“

Dr Witwe kocht vor Zoara ’s Bluat,
„nix dau“, schreit sui voller Wuat,
„in d’ Oieruhr kommt d’ Äscha nei!
Der soll was schaffa! So muass sei!“

Lebenssatt

D’ Fahrbah, dui war reagaglatt,
dr Bene anscheints lebenssatt.
Er fuhr in d’ Kurva wia a Blödl.
Zum Leichaschmaus gab’s Leberknödl.

Hoim

A Ma hat in Geselligkeit
gschwätzt, gsunga und au trunka
und hat nau gnua und denkt: ’s isch Zeit,
hat dr Bedienung gwunka.
Er zahlt sei Zech und moglat it
und sait „Pfüa Gott“ zu oim.
Nimmt nau sein Huat und Mantel mit
und gaht recht friedlich hoim.

A andrer Ma, den’s grad so geit,
hat in seim karga Leaba
viel gschaffat, hat sich gsorgt und gfreit,
hat allweil ’s Beste geaba.
I hau jetzt gnua, denkt dr guat Ma,
verhebt wersch du von koim.
Er ziaht sein letzta Azug a
und gaht recht friedlich hoim.

Verschieda

Alle Menscha sind verschieda,
ob schwarz, ob weiß, ob arm, ob reich.
Doch sind se dann amol verschieda,
nau sind se alle gleich!

A bissle ebbes zum Schluss

Bei dene Zeila isch jetzt Schluss,
aus isch es mit dem Versgenuss.
Hat dir's gfalla, war es heiter,
dann sei so guat, erzähl es weiter.

Wenn moinsch, es sei zum Leasa z' schad,
es sei z' deftig oder z' fad,
nau bisch ganz ruhig und bhältsch's für di.
Boides wär arg guat für mi!